L'ARC-EN-CIEL

LA DOT

D'UNE

BELLE-MÈRE

—◦❁◦—

—◦◦—

L'ARC-EN-CIEL

LA DOT

D'UNE

BELLE-MÈRE

DÉDIÉE A VALENTINE T...

PAR

Mme JUSTINE THUILLIER.

PARIS

CHEZ Mlle LOCARD, ÉDITEUR,

16, RUE DAUPHINE, 16.

1857

PARIS. — IMPRIMERIE MORRIS ET COMP.
Rue Amelot, 64.

LA DOT

D'UNE

BELLE-MÈRE.

PRÉFACE

C'est précisément au moment où les progrès de notre civilisation touchent au faîte de la gloire et de la grandeur par ses nombreuses institutions de toute nature, que m'est venue l'heureuse pensée d'offrir à la jeunesse cet ouvrage aussi utile qu'agréable, sous la forme d'un roman. Ce livre, qui est des plus moraux, est propre à guider leur avenir et à les conduire en bon chemin. Pour m'y décider, il a fallu que, joints à la grande expérience du monde, de nombreux encouragements vinssent encore me dire que la nature m'avait douée de quelques facilités, d'un jugement sain et d'une âme droite et juste.

C'est particulièrement à la jeune fille que j'ai pensé en cette occasion, car c'est d'elle que dépend le bonheur de l'homme : la jeune fille pure fera non-seulement une épouse vertueuse, mais elle fera encore une bonne mère de famille ; et c'est souvent, pour ne pas dire toujours, d'une mère que dépend le bonheur de ses enfants. Elle peut mieux que d'autres éveiller en eux les nobles sentiments de moralité, qui sont la pierre fondamentale de leur avenir.

Ici un sage a dit :

> Les femmes morales font les bons maris,
> Et les bons livres le bonheur d'un pays.

Ce sont ces convictions qui me font jeter sur le papier les inspirations qui font battre mon cœur, troublent mes sens, et transforment mon esprit.

Je ne saurais trop réclamer à l'avance l'indulgence si nécessaire à mes débuts littéraires. Si je ne parviens pas au but que je me propose, j'ose espérer qu'une part du pardon que possèdent les âmes généreuses me sera accordée. Mes intentions sont pures et désintéressées :

> Bonne volonté est réputée pour fait.

Mon but, en écrivant cet ouvrage, a été moins de l'offrir à la jeune fille du monde aristocratique, à qui une riche dot et une généreuse éducation semblent tracer un avenir heureux dès sa plus tendre enfance, qu'à ces milliers de jeunes filles qui, moins heureuses qu'elle, naissent, sinon dans l'obscurité, du moins dans la classe moyenne de la société, dont le travail est nécessaire à leurs familles dès leurs premières années, et dont l'ignorance détruit souvent leur bonheur à venir et les conduit à leur perte.

Il est vrai que les grandes facilités de l'instruction qui existe aujourd'hui en France mettent leurs familles à même de leur donner de l'éducation gratuite. Mais, ainsi que je viens de le dire, celles qui se trouvent dans la classe nécessiteuse se servent du produit du travail de leurs enfants aussitôt qu'elles peuvent le faire, ou ne les mettent en classe que jusqu'à leur première communion, et les gardent ensuite près d'elles par besoin, ou les placent dans des ateliers pour leur apprendre un état. De cette manière, leur éducation n'est donc qu'ébauchée et leur fait faute à l'âge où elles en ont le plus besoin; cependant de nombreux exemples nous ont déjà prouvé qu'il se trouvait parmi ces jeunes filles des intelligences supérieures et de rares facilités, que le hasard seul vient retirer du néant dans lequel une naissance pauvre et précaire les avait plongées. Si elles aiment la lecture, elles se jettent sur tout ce qui se trouve sous leurs mains, bon ou mauvais; même par un sentiment qui naît avec elles, elles préféreront les lectures d'ouvrages qui flattent leur esprit et leurs illusions dorées de jeunes filles à ceux qui traitent les sujets moraux et sérieux.

Ce sont ces réflexions bien mûries qui m'ont dicté le précieux don que je viens leur offrir sous la forme d'un roman, seul et unique nom qui puisse tenter leur curiosité.

Il sera d'autant plus attrayant pour elles, qu'il s'y trouve une infinité de citations curieuses et variées, d'anecdotes, de voyages et de morceaux de poésie qui seront propres à flatter leur imagination, tout en les instruisant et en leur donnant une règle de conduite qui est de nature à les faire arriver, sinon à une grande fortune, du moins à l'estime d'elles-mêmes. Ce talisman, si précieux pour une jeune fille, est celui qui lui fait ouvrir toutes les portes et qui fait d'elle une épouse vertueuse, morale, et une bonne mère de famille.

J'ai aussi pensé que les jeunes mères me sauraient gré de leur procurer un ouvrage aussi sérieux qu'intéressant, qui leur permettra d'achever elles-mêmes l'éducation commencée de leurs enfants, dont l'impérieux besoin de leur position les oblige de ne pas les laisser en classe.

Une troisième créature m'a encore fait naître le désir de lui offrir une règle de conduite si nécessaire à la femme mariée, je veux parler de celles qui jettent l'honneur de leurs enfants à la tête d'un homme qui les a séduites et qui est souvent leur premier juge. J'en offrirai de terribles exemples.

Le désir d'offrir plus tôt cet ouvrage à la publicité m'a déterminée à le publier dans *l'Arc-en-Ciel*, quoiqu'il dût d'abord paraître séparément.

LA DOT D'UNE BELLE-MÈRE

Dédiée à **VALENTINE T...**

Dans une admirable chambre à coucher d'un des somptueux hôtels de la Chaussée-d'Antin, une belle jeune fille au teint de lis, aux cheveux châtains cendrés tout ondulés, reposait sur un lit tendu de moire blanche. Selon toute apparence, elle faisait de doux rêves, car sa jolie bouche souriait de temps en temps, en laissant échapper des mots mal articulés. Deux dames étaient près d'elle et la contemplaient avec bonheur ; l'une d'elles, que l'on pouvait regarder comme étant la mère de la jeune fille, par son air noble et digne, annonçait de quarante à quarante-cinq ans : elle se nommait Mme de Germanie. La seconde était plus âgée ; elle pouvait être considérée comme étant la mère de cette dernière ; son nom était madame de Haler.

Il y avait à peine cinq minutes qu'elles étaient là, lorsque la jeune fille dit cette fois à haute et intelligible voix :

— Non, non, madame, je vous l'ai toujours dit, je n'aurais pu aimer une belle-mère.

Mme de Germanie devint aussitôt d'une pâleur mortelle et mit la main sur son cœur ; puis, se retournant vers Mme de Haler, elle lui dit :

— Vous le voyez, cette antipathie la poursuit jusque dans son sommeil.

Celle-ci, pour toute réponse, mit un livre dans la main de Mme de Germanie et lui dit :

— Courage ! remplissez votre tâche jusqu'à la fin.

Mme de Germanie le prit d'une main tremblante, se rapprocha de la jeune fille, lui déposa un baiser sur le front, et lui mit sur le cœur le livre que madame de Haler venait de lui remettre, et elles disparurent toutes deux de la chambre à coucher.

Le bruit qu'elles firent en se retirant, joint à la fraîcheur du baiser que Mme de Germanie avait donné à la jeune fille, ainsi que la pesanteur du livre, l'éveillèrent aussitôt. Elle s'assit sur son lit, ouvrit ses grands yeux noirs et promena un regard scrutateur autour d'elle, afin de se rendre compte de ce qui se passait. Ne voyant rien qui pût éveiller ses soupçons, elle se mit à dire :

— Ah ! quel affreux rêve ! Il me semblait qu'un poids était sur mon cœur et qu'il allait cesser de battre ! Oui, oui, je me souviens, Mme de Haler, ma chère gouvernante, me combattait encore sur mes préjugés contre les belles-mères ; mais, quoi qu'elle fasse, elle n'arrivera pas à me convaincre. Je ne comprends pas les raisons qui l'obligent, ainsi qu'elle me l'exprime, de me parler si souvent d'une chose qui me fait tant de mal. Je dirai à ma bonne petite mère, qui connaît mes sentiments sur ce point, de la prier de ne plus toucher cette corde qui m'est si sensible. Elle sait cependant que ce qui m'a plu au-dessus de tout dans Gustave, mon cher fiancé, c'est qu'il est orphelin, et que, par cette raison, je n'aurai même pas de belle-mère en me mariant. Disant cela, elle jeta les yeux sur la belle pendule d'albâtre qui était sur la cheminée. Eh ! quoi, dit-elle, il n'est que sept heures ; mais il est trop tôt pour que je sonne ma femme de chambre ; cette bonne Lucile, elle n'est pas encore éveillée, j'en suis certaine ; le mieux que je puisse faire est de tâcher de dormir encore une heure, si je le puis.

Disant cela, elle se tourna vers le mur afin d'exécuter sa pensée. Mais quelle ne fut pas sa surprise en apercevant le livre dont nous avons parlé plus haut ! Le brusque mouvement qu'elle avait fait en s'éveillant l'avait fait glisser dans la ruelle. Ce livre, qui était de moyenne grosseur, lui apparut magnifique ; il était doré sur tranche, fermé par un admirable fermoir en or ; la couverture, qui était d'un marocain gros vert, faisait ressortir les initiales de la jeune fille imprimées en lettres d'or. Elles se montrèrent à ses yeux avec cette inscription en tête :

LA DOT D'UNE BELLE-MÈRE.

En lisant ce titre, la jeune fille sentit un frisson qui lui courut par tout le corps, une sueur froide lui couvrit le front ; elle regarda ce livre sans oser le toucher ; un secret pressentiment lui disait que son contenu devait lui révéler quelque chose de triste ; elle se demandait si elle était bien éveillée ou si elle rêvait encore. Elle resta longtemps dans cet état de crainte et d'incertitude, lorsque tout à coup trois petits coups frappés avec le revers du doigt se firent entendre derrière la portière ; c'était Lucile, la femme de chambre dont nous venons de parler, qui venait, selon son habitude, pour habiller sa jeune maîtresse. Le bruit qu'elle fit, ainsi que la pendule, qui au moment sonnait huit heures, tira la jeune fille de l'anéantissement dans lequel elle était plongée ; elle saisit le livre avec rapidité et le cacha sous la couverture, en ordonnant à sa femme de chambre d'entrer. Aussitôt qu'elle la vit :

— Lucile, lui dit-elle, va, je te prie, dire à ma bonne mère que je suis indisposée, qu'elle vienne me voir lorsqu'elle sera levée.

— Madame de Germanie, répondit Lucile, est sortie avec madame de Haler déjà depuis longtemps ; elles m'ont chargée de dire à mademoiselle qu'elles allaient déjeuner à Neuilly, chez leur amie, madame de Saint-Agnan, qu'elles ne rentreraient que pour le dîner, que je serve le déjeuner de mademoiselle chez elle quand elle l'ordonnera.

— C'est bien, je te remercie, je n'ai pas faim ; laisse-moi seule ; je te sonnerai si j'ai besoin.

Lucile salua sa maîtresse et se retira sans répondre.

Une fois seule, la jeune fille prit le livre qu'elle avait caché sous la couverture, et n'hésita plus à l'ouvrir. Un billet cacheté était à son adresse ; à cette vue son cœur battit avec force ; elle reconnut l'écriture de sa mère, de madame de Germanie.

Elle rompit le cachet d'une main tremblante et lut :

« Chère Valentine, mon enfant, pardonnez-moi à l'avance ma conduite envers vous : c'est avec regret que je viens jeter le trouble dans votre cœur et que je vais faire couler vos larmes. Je voudrais, au prix de ce que je possède, ne pas le faire, mais un impérieux devoir m'oblige de vous faire des révélations importantes qui, jusqu'ici, ont été enveloppées de mystères. Je profite de cette circonstance pour vous offrir le guide qui doit épanouir en vous les précieux boutons de fleurs dont la nature vous a comblée ; c'est le chemin qui conduit la jeune fille à l'autel avec sa couronne virginale et qui fait d'elle une épouse honorable et une bonne mère de famille, ce qui la rend heureuse. Croyez, chère enfant, que votre bonheur seul m'occupe, et c'est pour vous en ouvrir la route, qui parfois en est si difficile pour certaines créatures, que je vous ai fait imprimer ce livre que j'ai placé sur votre cœur. Je sais que son titre vous enveloppera d'inquiétude et de crainte, mais, ainsi que je vous l'ai dit plus haut, je suis forcée de le faire : la seule grâce que je vous demande est de le lire avec attention et par paragraphes, afin que votre esprit puisse apprécier mes bonnes intentions. Vous trouverez au dernier chapitre le secret de mes révélations ; c'est là chère enfant, que vous saurez qui je suis et pourquoi je ne suis pas près de vous en ce moment.

» C'est aujourd'hui l'anniversaire de votre naissance ; demain vous marcherez sur le terrain de vos vingt ans ; c'est ce soir que doit se signer votre contrat de mariage, et dans huit jours que vous devez accepter le nom d'un époux qui, selon mes prévisions, doit faire votre bonheur.

» Gustave de Morlaix est un jeune homme de distinction ; sa brillante éducation et sa sombre jeunesse ont fait de lui un homme sérieux avant l'âge.

» Son instruction, qui fut faite en Angleterre, lui donna le goût de la marine ; à vingt-deux ans il fut nommé capitaine, et depuis cinq ans il a déjà fait trois voyages dans les Indes. Mais inutile de faire son éloge ; si vous l'avez choisi de préférence à ceux qui vous ont recherchée, c'est que vous avez su apprécier ses rares qualités. Quant à moi, j'ai vu poindre sa jeunesse ; c'était un beau myrte chargé de boutons, ils ont fleuri rapidement. Je prie Dieu, chère enfant, que leur parfum vous enveloppe et vous protége contre les adversités de la vie.

» C'est particulièrement ce sujet qui entraîne ma plume à vous les tracer afin que vous puissiez en prévenir, sinon les malheurs, du moins les atténuer : si ce n'est pour vous, que ce soit pour vos enfants.

» Je vais vous guider par mon expérience et mes conseils, c'est le seul remède contre le poison de l'adversité et l'étroit sentier qui conduit au bonheur de ce monde et à ses félicités ! !

» Chère enfant, je réclame votre indulgence pour ce qui sortira de ma plume et qui pourrait blesser votre susceptibilité. La plume touche le cœur, a dit un sage. C'est lui qui guidera la mienne ; je prie Dieu que le feu sacré qui l'anime vous éclaire dans la nouvelle vie que vous allez parcourir. Elle est semée d'écueils : que mes avis, chère enfant, vous éloignent de ses précipices ! qu'ils fassent de vous une chaste épouse, une mère adorée et bénie de ses enfants, afin que vous puissiez vous-même honorer ma mémoire et garder de moi un bon souvenir ! ! !

» Avant de vous soumettre mes pensées, j'éprouve le besoin de vous dire de ne m'attribuer aucun mérite pour ce que je vais vous traduire, mais bien à cette chère et bonne madame de Haler, qui guida ma jeunesse et développa en moi les quelques facilités que la nature y a mises. C'est donc à elle que doit revenir la gloire de ce tracé de la vie humaine.

» Une autre créature non moins estimable qu'elle a aussi contribué à renseigner mon esprit sur les choses de ce monde : je veux parler de mon amie, de cette chère madame Arthur, que j'ai si miraculeusement retrouvée aux eaux l'année dernière, et dont une destinée exceptionnelle l'a mise à même de juger de près toutes les classes de la société. Sa vie privée a été un tissu d'événements, elle sera pour vous d'un grand intérêt ; je remets à plus tard de vous donner plus de détails sur elle et sur les notes que j'en ai recueillies sur nos liaisons d'enfance et la manière dont je l'ai retrouvée. — Je classerai ses propres réflexions dans divers paragraphes, ainsi que les morceaux de poésies qu'elle m'a offerts.

CHAPITRE PREMIER

AVENIR, DESTINÉE.

» Ces deux mots, chère enfant, sont synonymes; ils veulent dire ce que l'homme ignore lui-même: c'est le parcours de sa naissance jusqu'à sa mort ! ! !

» C'est à Dieu seul qu'il appartient de la diriger, elle est pour l'homme une énigme ! ! !

» Pour les uns, elle est généreuse; ils naissent dans l'obscurité et traversent la vie, sinon semée de fleurs, du moins sans chocs. Leurs années coulent aussi paisiblement que la barque du nautonier sur une douce rivière.

» Pour les autres, elle est cruelle, impitoyable; elle les fait naître dans un berceau de fleurs et les couche sous une tombe d'épines, après avoir subi les plus grandes peines pendant une longue vie, agitée, semée de revers et de dégoûts.

» Nul homme, chère enfant, ne peut se soustraire à son tranchant, pas même les rois ! ! ! Au contraire, souvent ils sont plus éprouvés que le commun des hommes; par cela même qu'ils sont plus haut, leur chute n'en est que plus terrible. Cela se comprend facilement: le pauvre, habitué à tendre la main, n'en souffre pas comme celui qui a vécu dans une classe plus heureuse; souvent celui-ci succombe sous le poids de l'infortune, des regrets et du malheur.

» C'est ici, chère enfant, que se trouve l'égalité, que Dieu, dans sa divine sagesse, a fait que les grands ne soient pas plus exempts de l'adversité que de la mort ! ! !

» Hélas! au contraire, les rois sont plus exposés aux grands revers que les autres hommes, obligés qu'ils sont de s'entourer d'hommes qui souvent les trahissent après qu'ils ont été comblés de richesses et d'honneurs.

» Aussi, il est reconnu que l'homme ne peut commander aux éléments ni faire sa propre destinée; il ne peut que la subir, heureuse ou non, semée de fleurs ou d'épines!!!

» Souvenez-vous toujours que la fortune la plus solide ressemble à un navire en plein océan, qu'une tempête peut engloutir le soir d'un beau jour.

» Hélas! chère enfant, les déceptions de la vie possèdent un aimant qui les rapproche au plus petit choc, et souvent les peines surpassent le peu de félicités que nous avons goûtées.

» Notre siècle et la fin du dernier offrent d'effrayants exemples de ce genre, car la faux des tempêtes révolutionnaires, qui conduit les événements en traînant à sa suite son étendard de deuil, a enseveli la noblesse sous ses décombres, ainsi que les plus grandes familles du royaume; ses rafales ont même atteint la royauté.

» Je ne m'étendrai pas plus loin sur ce sujet; notre histoire, que vous avez lue, vous donne de grands détails sur tous ces malheurs, que l'homme sage voudrait recouvrir d'un voile impénétrable pour l'honneur de son pays!!!

» Pour moi, je me plais à vous rappeler que c'est à elle que cette bonne madame de Haler, qui fut pour moi une mère dévouée et fit mon éducation ainsi que la vôtre, que c'est à elle, dis-je, qu'elle doit d'avoir perdu son honorable père, son mari et toute sa fortune. Ah! quel courage il lui a fallu pour surmonter tant de malheurs à la fois! quelle vertu, après avoir eu de nombreux domestiques, de se mettre à donner des leçons de langues et de musique pour subvenir à ses besoins et à ceux de celle qu'elle regardait comme sa fille! et cela sur une terre étrangère. J'ai même ouï dire qu'un grand prince avait été obligé de le faire.

» Hélas! chère enfant, la terre étrangère est bien aride pour le proscrit. D'abord il excite quelque sympathie causée par la

curiosité : on veut savoir qui il est, son nom, son histoire enfin,
et lorsqu'on sait tout, on lui fait sa critique, ce précieux don qui
prouve que tous les peuples, quels qu'ils soient, sont peu géné-
reux en pareilles circonstances ; et s'il n'est pas muni d'or, il
est malheureux.

» C'est pour se prémunir contre de tels revers que la noblesse donne aujourd'hui non-seulement une belle éducation à ses
enfants, mais elle leur fait encore apprendre un art quelconque
en rapport avec leurs goûts, soit la musique ou la peinture, avec
cette prévision que ces talents peuvent être un jour leur corde de
salut et les sauver du naufrage.

» Croyez, chère enfant, quand de telles pensées se présen-
tent à mon esprit, que je suis heureuse que vous ayez acquis ces
beaux talents avec autant d'art que d'habileté. Je sais que votre
modestie n'aime pas les éloges, aussi n'est-ce pas de l'encens
que je vous offre, mais bien les félicitations que vous méritez.

» Oui, je suis fière de vous, lorsque je jette les yeux sur la corbeille de fleurs que vous m'avez offerte pour ma fête. Je vous
avoue que vous ne pouviez choisir un sujet qui puisse mieux
flatter mon esprit que ces beaux œillets que j'aime : leurs couleurs
variées et leurs doux parfums enivrent mes sens. Même la
jolie corbeille qui les contient prouve jusqu'à l'évidence votre
bon goût ! Sa forme est on ne plus gracieuse, son fin treillage de
bronze doré se renverse à chaque extrémité, en faisant ressortir
son contenu.

» Je m'en éloigne un instant avec la pensée d'y revenir en son
temps, ayant encore sous les yeux un tableau non moins joli à
vous parler. Vous le savez, chère enfant, je suis peu démonstra-
tive, et c'est pour cela que je sens aujourd'hui le besoin de vous
rendre justice ; c'est un hommage mérité à votre savoir.

» Je veux parler de votre seconde corbeille, de celle que vous
avez mise sur mon prie-Dieu le soir de la veille de ma naissance.
Ah ! généreuse enfant de mon cœur, vous avez ici complété le
plus touchant tableau de mes souvenirs d'enfance ; non ! je ne
puis l'admirer sans que mes yeux se remplissent de larmes !!!

DESCRIPTION

LA VILLE DE TOURS

Dieu fait des jours tout exprès pour celui qui aime à admirer ses beautés ; ici je vais les immortaliser.

Le soleil est pâle, les nuages sont blancs, la brise sage me protége, ainsi placée au milieu du pont. A gauche et à droite, je jette mes regards : la nature d'elle-même à cette heure m'encourage en m'offrant de nouveau sa belle verdure, coupée par cette grande rivière qui me donne mille idées propres à m'éclairer. A cette heure de midi, mes pensées sont toujours renaissantes.

Avec Descartes je me mets dos à dos ; de chaque côté sont deux nouveaux ponts de fer, qui semblent se dresser tout fiers.

A droite, la Loire est partagée en laissant dans son cœur des îles qui paraissent enchantées, puis derrière elle reprend son cours.

Près de moi est un gros bouquet d'arbres cachant le bourg de Saint-Symphorien, ainsi que sa belle côte en gradins.

J'aperçois ses riches jardins si fertiles et toujours protégés par son abri du matin au soir, puis cette aiguille qui en est le clocher.

Une seconde je lève la tête, un brave homme vient de m'apparaître appuyé sur un bâton ; mais, hélas ! 79 ans sont toute sa fortune ici-bas. Je l'ai bien examiné : ses cheveux étaient blancs, son front presque sans rides, ses yeux, d'un beau bleu, étaient encore brillants. Ah ! pour lui un sentiment m'agite. Permettez qu'en cet endroit je me tienne en réserve ; il m'a bénie ; je ne sais pourquoi, mais il me semble qu'il a ranimé ma verve.

A coup sûr, là-haut, je le retrouverai ; mais sur lui plus un mot. Je reviens vers vous, car aussi je vous aime.

Ainsi placée en haut de l'escalier, je suis appuyée sur le parapet ; je trouve sous mes pieds une île semblable à celle de Saint-Ouen, si renommée, près de Paris.

Son bosquet court jusqu'au pont dont je parle plus haut, s'en rapproche en formant le triangle et vient s'y fixer.

Devant, j'aperçois cette magnifique communauté de nos sœurs portant le nom de la grande Bretège.

Ce bâtiment est magique ; de son église j'aime la flèche ; elle est moderne et aussi blanche que leurs âmes ; ici, les dimanches, se presse la foule, qui aime les belles choses ; tout en cet endroit est de même, ce qui entoure le pont est admirable ; cette côte qui s'élève dans les nues est si belle, qu'on pourrait lui donner le nom de Belle-Vue.

Derrière et de tous côtés, voyez ces pavillons se dresser, ces immenses tapis de verdure jetés çà et là, encadrés de murs.

Regardez, ce parterre est coupé par la route du Mans ; en haut on aperçoit un grand bâtiment, il me semble voir la barrière de l'Étoile ; quel rêve ! rien ne l'égale !

En revenant vers la ville, quelle belle sévérité de constructions, d'édifices et de grandes habitations ! ainsi placée elle me paraît une île.

Aux pieds de la statue de Descartes, cette belle rue tirée au cordeau conduit à la barrière de Fer et à l'avenue de Grammont, ce point de vue fait penser que de l'autre côté l'on doit encore trouver un champ de nouvelles beautés ; en effet, la place du Palais de Justice est là couronnée d'un bel édifice ; sa façade est magnifique.

Cette cour du palais est immense, car elle contient dans son sein et de côté la gendarmerie, puis les prisonniers.

Elle allonge ses ailes en s'effaçant devant les huit colonnes blanches placées en haut des marches ; ici une douce brise vous caresse, vous croyez voir un palais enchanté placé au milieu de ses bosquets.

Revenant à moi-même, je vous présente le boulevard magnifique aux mille rameaux verts conduisant au chemin de fer, dont la belle gare est citée comme un chef-d'œuvre ; j'en conviens, mais ici je reviendrai demain.

Retournons aux pieds de Descartes, pour vous faire remarquer le Musée, puis l'Hôtel de Ville placé devant lui ; ces deux bâtiments sont parallèles et forment le coin de la place et de la rue Royale.

Deux quais à perte de vue sont devant ; d'un côté sont les terrasses Saint-Julien, de l'autre l'établisssement des bains ; ici se pressent à toute heure les passants.

Mais de Saint-Martin voyez la tour ; j'aime aussi celles de la cathédrale, elles attirent mes regards et me charment.

Ces deux tours sont superbes, égales de forme et de grosseur, elles sont d'une architecture hardie ; en les fixant, je me rappelle celles de Notre-Dame de Paris, ce monument lui ressemble jusqu'au parvis.

Heureux habitants de cette belle cité ! Pour votre cathédrale, votre cœur doit toujours être inspiré !

J'ai remarqué vos riches magasins, même dans les rues transversales ; leur sévérité apparente donne à penser qu'ils renferment de grandes beautés, les rues de la Sellerie, de l'Intendance, du Commerce et de Colbert sont immenses.

Permettez-moi, quant à présent, de vous quitter pour m'acheminer vers mon hôtel, qui se trouve encadré au milieu de vous ; c'est le rendez-vous de la bonne société et de l'aristocratie.

Sur les maîtres de la maison je me tais, leur admirable modestie pourrait s'en offenser.

Pour moi, Tours sera un souvenir de chaque jour, et le superbe *Faisan*, aimé de tous temps.

Si ses ailes magnifiques et dorées plaçaient dans mes mains un bouquet de roses ou de fleurs d'immortelles, je l'offrirais à ses habitants en souvenir éternel.